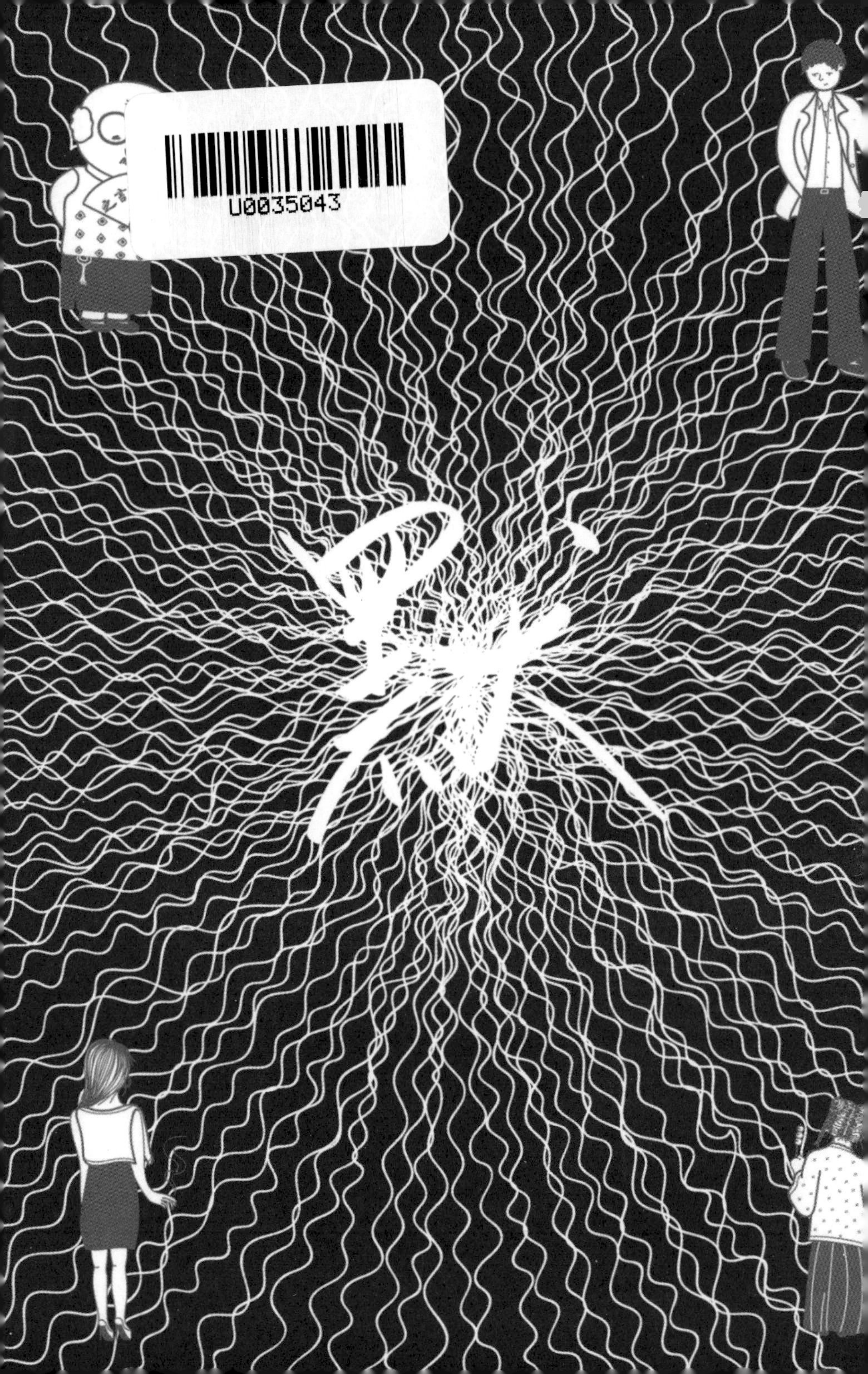

默

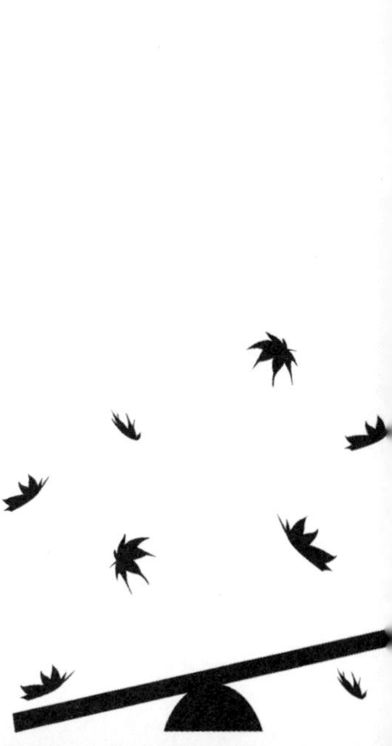

默

文章介紹

我踏上人生，這條孤獨的路途
所領悟部分，人生的遺憾事跡⋯
遺憾的是⋯未能領悟全部遺憾
因為人生，這條路途太遙遠了⋯

也許這是我第一本作品
也許是最後一本作品
但只是也許
也許這樣的我也沒有什麼遺憾了

一

愛，是什麼？

我從對它沒有任何認知
到我有機會可以認識它
我卻也沒有好好意識到它的存在！

直到現在連玻璃落地破碎的聲音
也無法再驚動到我……
我才發覺為時已晚……

愛

就在起承轉合
就在逗點句點
就在驚嘆問號

默

就在你我轉身
就在季節轉變
就在你的表情
就在花落葉落

就在你的疑惑
就在我的憂慮

二

能為我坦然翻開傷口嗎？
我未必能為你帶來治癒，
但至少我能為你帶來些許安慰！

能為我輕撫我的傷疤嗎？
你無法感受已過往的痛，
但至少你能為我帶來些許心安！

能否展開雙手將我擁抱？
讓我感受只屬於你的愛，
至少能安撫我那焦躁不安的心！

三

你知道嗎？
你和你修剪花瓶裡的花一樣美！
只是我沒有勇氣告訴你！
就像現在我委婉表達，
你就像一朵花一樣！

你知道嗎？
你和風正在吹擺的草一樣隨性！
隨著大地的伴奏搖擺著，
試著掌控自己的節奏⋯
卻覺得一切無所謂！

四

我知道我不是你眼裡的萬中選一
你卻是我眼裡的唯一的萬中選一

知道你，對我可有可無的態度
自己，卻無法克制自己為了你

千里赴約，只為了害怕黑的你
早知道你心態，我還重複選擇

知道你不會肯定告訴我，是我
獨一無二的我，是你萬中選一

默

五

黃昏默默地離開，星辰默默地出現
火苗默默地熄滅，風兒默默的吹起
我想默默地離開，你想默默地出走

你大方的說我能追尋你的影子！
假裝很有骨氣的我卻拒絕不了！

我能與你肩並肩與自由翱翔嗎？
我不想有一絲絲落後你的感覺！

六

天空周旋的鳥兒，地上搖擺的小草
街道擁擠的人們，機上等待的旅客

人與人相遇
究竟是幾分幾的機率劃分呢？

是天的劃分
讓我們相遇讓彼此決定去留！
是你的劃分
是否讓我在你的世界停留呢？
是我的劃分
是否主動走入你的小宇宙呢？

簡單的三分之三！
一個天注定、一個主動權、一個選擇權

七

我的心靈被魚兒帶走了
牠游向大海

我的靈魂被鳥兒帶走了
牠飛向山林

牠們無意遇見了你⋯
卻也被你帶走了呢

所以現在我在你面前和你乞討
將我的心靈和靈魂還給我好嗎？

若你還不想還給我
那麼讓我跟隨著你流浪好嗎？

畢竟沒有了靈魂和心靈的人類
最合適流離失所的漫無目的呢⋯⋯

八

我知道，你只是路過的一隻蝴蝶！
並不會，因為花朵而停留！
更不會，因為我而停留！

你知道我只是為了採蜜的蜜蜂！
只會，為了花朵們而停留！
並不是等待著你，到來！

在故作優雅的你面前
我的解釋顯得很諷刺

你是蝶，我是蜂

我卻也沒有理由尾隨其後！

我愛花朵，也愛你！
你愛自由，愛著誰？

九

下雨了，雨滴的頑皮
讓紗窗被模糊佔領了
你走了，頑皮的你啊
原本快樂的我沉默了

昨晚的你⋯
有睡好嗎？
我⋯睡不好⋯

雨，下了⋯
不知不覺下起雨了
你，走了⋯
不知不覺走遠了呢

越來越討厭雨天…

我越這麼說…雨下越大…

越來越想念你呢…

越想告訴你…越是畏縮…

默

十

別問起我，我不過是過眼雲煙！
想想他吧！關於你們未完待續！

以前是我不懂得，像似孩子般幼稚！
現在你先懂得了！像似大人般成熟！

寫下那首離別曲，是我的傑作！
寫下那首重生曲，是你的傑作！

我的作品顯的劣質些！
無人觀賞⋯
你的作品顯得優雅些！
千萬寵兒⋯

我不問時間能否再重來！
只問能否遇見相似的你！

時間笑看相似愚人的我！
你卻問別遇見相似的我！

風吹過，雨下過。
淚流過，心傷過。
人走過，似相識。

十一

坐在這個空間，
曾經那種令人緊張的氣氛…
彷彿重新上演了！
那種連喘息，都會特別小心的感覺！

讓我，想起你在我身邊！
原來，是我最初的戀情！

一杯咖啡，一杯水，
幾本書，堆疊的是曾經的記憶！
一本筆記，幾支筆，
寫下已逝去的曾經與你的美好！

再也聞不著，唯有你會散發的香味！
逝去最初的戀情，是我太浪費揮霍！

十二

我走向了河邊，思念掉進河裡！
魚帶走了它，游向茫茫大海了！
游向通往，那無邊世界的大海！
想為了我，尋找遺失人海的你！
我笑了笑留了淚，怎麼可能呢！
你不住在海邊，魚怎麼到得了！

於是鳥兒飛了過來，停靠肩膀！
我向牠訴說，牠展翅飛向山林！
但我是在茫茫人海，遺失了你！
鳥兒該如何，在山林之中尋找！

我笑了笑，踏上尋找你的旅途！

十三

我瘋了，我愛誰？我不知道！
我傻了，我想誰？我不清楚！

我依靠著房間角落！靠著！
我以為是世界角落之中的最角落！
原來只能算是在我世界裡面的算是！
沒有你的角落，它不會成為世上最顯眼的地方！
你未曾想知道的事！我想！
你走了！我們散了！終究無聲無息！
你離我依舊很遙遠！是吧！
我依舊像似自由的落體無法掌控！
即使生活在同個城市的某個角落裡！
依舊覺得是世上最遙遠距離之一，在你離開後！
你未曾這樣覺得吧！我想！
你依舊，像似過季鳥兒！無拘無束！

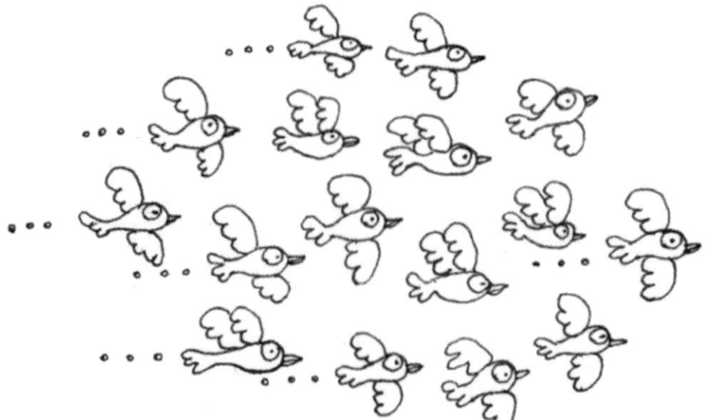

十四

沒人能夠代替我告訴你，
每刻我對你的種種想念，
他們知道他們無法詮釋，
那無法克制的衝動感覺，

所以他們默默的看著我，
被想念纏繞的撕裂痛苦，
我卻沒有勇氣向你訴說，
我怕你笑我像孩子哭泣，

我卻羨慕你的無動於衷，
所以我依舊在默默等候，
祈禱我的想念慢慢蔓延，
直至你將要走過的痕跡…

十五

其實我知道我們不該再回頭
當你那天無意的問了我
謝謝你的無意間！

其實我知道你只是隨口問問
當我以為那是未醒的夢
謝謝你所造的夢！

其實我也沒有抱著太大希望
當你讓我以為能延續著
謝謝你所給予的！

其實我知道只是另一局騙局
當我慢慢清醒才認清了
謝謝你讓我清醒！

十六

這是今天的天氣預報！
溫度有點低！
但是這裡不會下雪，偶爾會下雨！

這是今天的心情預報！
心情有點差！
但是不至於流眼淚，偶爾會憂鬱！

那你呢？那邊會冷嗎？
那你呢？心情好些沒？

我想我不合適在想你的時候打給你！
你又會覺得我喝多了吧！
雖然有著每分每秒向你奔向的衝動！
但我還是有足夠理智呢！

十七

菸是濃的，酒是烈的，
為何要沾？只為了他？
為他點煙，只因為他的心不在你身上！
為他舉杯，卻不是慶祝你和他的紀念！

愛是濃的，恨是烈的，
為何還碰？僅僅為他？
你愛著，那無二的那一個他！
卻恨他，不把獨一的愛給你！

情是濃的，仇是烈的，
為何還染？因為犯傻？
你對他的情，是很真的！
你對他的仇，也是深的！

曾幾何時，為了自己？
時時刻刻，只為了他！

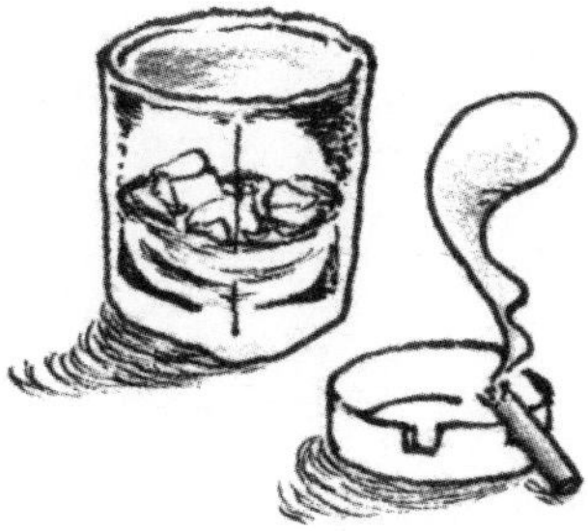

十八

陽光的溫度不夠，能給我一個擁抱嗎？
熱飲的溫度不夠，能給我一個吻痕嗎？
外套還不夠保暖，能摟住我的腰際嗎？
手套還不夠保暖，能握緊我的雙手嗎？

怎麼了你？
是昨天睡不好，
所以今天打了哈欠！

怎麼了你？
是昨天踢了被，
所以今天打了噴嚏！

需要我為你倒熱水嗎？
還是來杯熱牛奶好嗎？

十九

落葉的季節，不合適想你！
我害怕淚水，會連同落葉一起落下⋯
下雨的季節，不合適想你！
我害怕淚水，會連同雨滴一起落下⋯

漆黑的房間，不合適想你！
我害怕淚水，會沾濕與你纏綿的被窩
擁擠的人群，不合適想你！
我害怕淚水，會沾濕與你走過的街道

二十

親愛的，
我不需要你說出，
動地驚人的承諾來感動我！
我只需要你好好陪在我的身邊。
因為說出的承諾，
不及於親口說愛我深動！

親愛的，
我不需要你做出，
驚天駭人的浪漫來感動我！
我只需要你好好陪在我的身邊。
只因為你的浪漫，
不及於你的體溫實際呢！

單純的我！
僅僅需要你單純的陪伴！

不必要的，
多餘言語舉動覺得奢侈！
我承認，當我找不著你時，
心裡面，會有些驚慌失措。

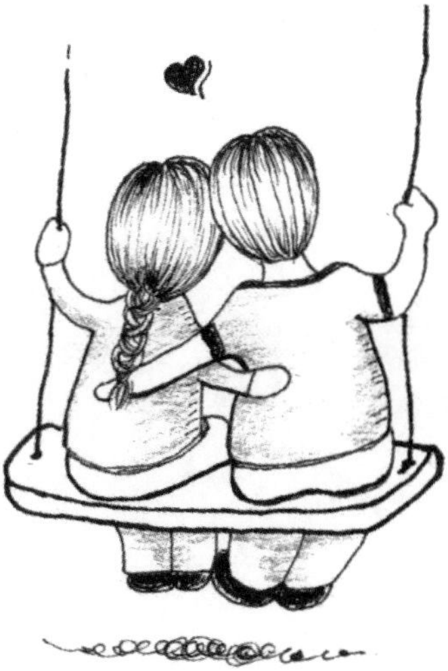

二十一

遺憾的是我們終究沒能走在一起！
幸運的是我們終究沒變成陌生人！
我不清楚這樣的遺憾，
算不算真正的遺憾！
我不清楚這樣的幸運，
算不算真正的幸運！

每次看著你天真傻氣的臉蛋…

多想問問關於我們，為什麼還沒開始？
是害怕我們的關係，會變成陌生人嗎？

說實在的，我也會害怕…

就這樣吧！
守護在彼此身邊，一不小心可能真的一輩子了呢！

即使不能搭肩環腰，也沒關係了……
即使不能親吻彼此，也沒關係了……
即使不能步入禮堂，也沒關係了……

二十二

還要等待幾年呢？
那些以為親情般的愛情能艷麗開花呢？
再有些耐心等等吧！
也許有可能！也只是也許！

那麼要幾年青春？
那些傻傻的人總以為還有一絲絲可能！
再用些青春揮霍吧！
一絲絲可能！讓誰相信了？

我們還是有在一起一輩子的可能性！
我們終究沒有親吻彼此可能的機率！

二十三

他已經進入了習慣駝背慢步的年紀了！
卻抱著後悔莫及感慨萬千的心態，
就這樣渡過餘生！

他已經進入半百多餘不嫌少的年紀了！
身邊卻沒能個老伴陪他渡過餘生，
更別提起子孫們！

後悔莫及，則萬馬千馬難追！
感慨萬千，則春夏秋冬難尋！

這一生，過的太倉促隨便了嗎？
他問，他想問！
這一生，過的太揮霍浪費了嗎？
他問，他想問！

默

他太揮霍了！該是富有的他！
只因太揮霍了！
他太揮霍了！該是幸福的他！
只因太揮霍了！

二十四

別煩！屬於我的空間。
別鬧！屬於我的時間。

別翻！屬於我的隱私。
別問！屬於我的自由。

別窺！屬於我的過往。
別探！屬於我的未來。

別來！屬於我的今天。
別去！屬於我的明天。

二十五

有些東西，
是你睜開眼睛也看不到的！
你說我總是踩著你的影子！
很抱歉，我沒有感覺！

有些東西，
是你用心聆聽也聽不到的！
你說我打擾你的自言自語！
很抱歉，我沒有感覺！

很多時候，我們無心打擾別人的自在氛圍！
當他人責問時，我們還是以無心當作理由！

二十六

他脱去遮蔽赤裸身軀的衣裳
走進了只能容下自己的鏡子
為自己演示了一場褪去謊言

沒有任何觀眾，也沒有了鼓掌！
沒有任何評審，也沒有了批評！

能不能為我打盞燈光？
他和誰説呢？

能不能為我伴奏音效？
他向誰請求？

二十七

天空帶著鳥去流浪，牠不畏未知風雨！
牠的勇氣，使風雨畏懼！
海水帶著魚去流浪，牠不畏強浪濤濤！
牠的勇氣，使強浪畏懼！
海浪帶著沙去流浪，它不畏謎樣海岸！
它的勇氣，使海岸畏懼！
而你帶著我去流浪，我不畏不知去向！
我的勇氣，使未來畏懼！

二十八

你為了誰每晚舉杯？
妳為了誰每晚點菸？
你為了誰留了鬍鬚？
妳為了誰剪斷長髮？
你為了誰享受放縱？
妳為了誰享受放蕩？
你為了誰獨自過節？
妳為了誰忘記紀念？

為了誰？誰為了你？
卻沒有誰！能回答！

二十九

能不能給我一個吻？
溫熱的唇！
能不能給我一個擁抱？
溫熱的胸懷！
能不能別放開我的手？
旁邊是懸崖！

只要你告訴我，你忍心⋯⋯
你忍心嗎？

我願意轉身跳下懸崖，
只為下輩子，重新遇見你！
結束今生牽掛，了斷牽掛！
喝了孟婆湯忘記一切！
相信我們的緣分在下輩子開始！

三十

這樣如此零碎的我
再也不能奢求你為我拾起我的碎片

你曾經是我的天空
我卑微屈膝誠心向你祈求心中願景

曾經屬於你的謊言
我依舊相信是你給予最誠摯的諾言

破碎鏡子裡的不堪
是我離開你之後被摔破魂魄的狼狽

我再無法悄然靠近
那個曾經最親密逝去在回憶中的你

三十一

對不起⋯
在罪犯通緝已下達
我依舊無意識的向你無心的回覆
你並不想看我那失魂的雙眼

沒關係⋯
在傷痕越顯顯眼了
你還是安然無恙一派輕鬆回答我
我並不敢聽著你無聲的心碎

三十二

關於最後的告白，該是如何？
才使人深刻印象？

不該說出口的離開啊
不說出，卻還是離開了
不隨便說出的留下啊
不該說出，卻選擇留下

種種的糾結，僅僅是內心戲演的精彩萬分
種種的難過，不過是自給自足的自虐成分

三十三

讓皮膚顫抖的氣溫
讓我時刻想念的你

讓人畏懼的夢魘呢
讓我害怕失去的你

酒精退散的清醒
原來是來自你的憂擾…
菸霧茫茫的退散
原來是你離開的身影…

三十四

像樣的人，活著像樣的樣子！
醜陋的人，活著醜陋的樣貌！
體面的人，活著體面的模樣！

我們都不該奢求，他們所說的！
我們應活出自我，打破那印象！

你不應該去奢求，自己嚮往的！
慢調的找尋就好，不必去追尋！
聽聽自己的心聲，應該放慢了！

三十五

我們來場談判吧！
讓我好好活過幾個天、幾個月、幾個年。
讓我用剩下的生命和你交換好嗎？
不安於世的靈魂啊！

我們來場賭注吧！
讓我好好愛上一個人、一件事、某件物。
用我這一生能得到的和你交換吧！
不願平凡的心靈啊！

三十六

如果我有魚的記憶
我也不想喝上烈酒

如果有愛你的勇氣
我也並不害怕深夜

如果有離開的決心
我也不會優柔寡斷

我放得下嗎？都不是重點了！
我能離開嗎？都不重要了呢！
我能死去嗎？用心去盼望著！

我不知道我有多愛你
等同
你不知道我有多愛你

三十七

我已放棄追求
追求我的人生生命意義
我已拋棄尋找
尋找我的一生最愛的人

我已離棄生命唯一的知音
我已背棄人生往前的意義

我沒有什麼怕失去的或想得到的
沒有得到的慾望或是失去的不捨

他說有風有雨，才是人生
他說不枉歲月，才是青春

三十八

乞丐向我乞討金錢，我卻拒絕
孩子向我乞討玩具，我卻接受

父親向我乞討同理，我卻拒絕
母親向我乞討認同，我卻接受

朋友向我乞討霎那，我卻拒絕
愛人向我乞討永恆，我卻接受

知己向我乞討苦水，我卻拒絕
至親向我乞討溫暖，我卻接受

三十九

上個場景，
還在沸沸揚揚的人群之中的我…
下個場景，
卻在隻身一人空盪盪的房間裡！

原來這樣的我可以很會裝！
前一秒裝的一副輕鬆自在…

而離開人群下一秒我寧願，
將上千上百個面具丟角落…

在房間另個角落擁抱自己…

四十

一個已被塵封的賭注！
一個被放水流的生命！
一個沒有靈魂的傀儡！

保有那最純真的笑容的人們，
最難以進入爾虞我詐的是非，
我得說這是我不得不相信的！

沒有了追求的欲望是危險的，
盲目挖坑給自己就不危險嗎？

四十一

一次一次，拾起放下
一次一次，跌倒站起
一次一次，流淚擦乾

一次一次，理想與現實打轉
一次一次，猶豫與衝動打轉
一次一次，勸說與怒罵打轉

迷了路，已習慣
走錯路，已習慣

好像是這樣的生活，才會開始麻木
好像是這樣的節奏，才會開始習慣
好像是這樣的碰壁，才會開始懷疑

四十二

一次一次，耐心磨耗！
一次一次，希望破滅！
一次一次，失去信心！

未曾換得一次完美！
那就順其自然走吧！
那就隨遇而安走吧！

我不要！
我不願！
我不想！

那又如何？
你何等何能？

默

像沒有船長的船隻！
找不著能靠岸的港灣。
像走上迷途的旅人！
找不著能歇息的小屋。
像那個執著的小孩！
找不著那無二的貝殼。

四十三

他前一個世紀的溫柔性情，
已被他自己輕柔地詮釋了！
他後一個世紀的溫柔性情，
就由我笨拙的手筆記錄吧！

他前一個世紀的優雅姿態，
已被他自己雅致地詮釋了！
他後一個世紀的優雅姿態，
就由我粗糙的言語描述吧！

如果在結尾末端，
還是未能用最深沉的感觸做為結尾！
它，還不能算是心中最完美的作品！

四十四

你該是童話裡才會出現的公主！
你怎麼從故事裡逃跑出來了呢？
是故事裡老巫婆將你下詛咒了？
還是惡狠狠的大惡狼追著你嗎？

你不是童話裡出現的王子嗎？
你怎麼從故事走了出來了呢？
是沒有得到屬於自己的寶劍？
還是沒能搭救哪一位公主呢？

小時候，我們總聽著童話故事！
長大後，我們得從故事走出來！

慢慢的，走出了夢幻般的童話！
發現了，僅僅只是故事的美好！

四十五

你說詩詞很美
我說歌詞很美

你說我不懂慢調
我說你不懂節奏

我知道當我們開始爭論
我該選擇退讓你的無理

我知道你還是會怪我不懂體貼你
你卻不懂得試著瞭解不一樣的我

你說
用溫柔寫下的感動
才能讓人為之深動

默

我說
我想要聽的不是歌詞與旋律！
我想聽作者情緒與背後故事！

四十六

我沒有骯髒的活著，只是骯髒的苟且。
我沒有骯髒的笑著，只是骯髒的原諒。
我沒有骯髒的喘息，只是骯髒的傷害。

我沒有該死的消失，只是該死的停留。
我沒有該死的原諒，只是該死的記恨。
我沒有該死的放手，只是該死的留念。

骯髒與該死，我歸為同類。

四十七

那無情的屠殺戰場還是沒能拉下劇幕
那血流成河的泛濫反應人心黑暗麻木

令他們所畏懼的不是恐嚇口氣與逼退武裝
他們畏懼人心變成比黑暗還要混濁的顏色

這戰役誰能將它結束，讓靈魂們自由飛翔吧
並且能撫慰他們為了自由，而不退讓的心靈
在這場戰爭犧牲的人們，你們終得到自由了
但願在世的人們，方有一日能與自由肩並肩

四十八

那樣的寫入帶出，還是覺得太平凡！
還是我太頻繁的習慣，而麻木感覺！
越想要往深邃靈魂裡，挖掘的時候！
卻，還是只能看到舊傷復發的重播！
有時動搖了念頭，卻覺得萬般不捨！
好不容易開頭了，又隨意去結尾了！

我活著，我們都活著的平凡的瑣碎！
我活著，我們都活著的不安的靈魂！
我披著，我們都披著的羊皮的狼心！
我走著，我們都走著的安逸的步伐！

四十九

依循著，依循著
它出現，沒因由
因為它，跟隨著後面的裂縫明顯些

它要誰學會珍惜，它不指名
它讓人猜臆著，讓人動搖著
讓人回想起卻不重要
而當下，卻有放不下的執著
依舊循環，一樣的點放大吧！

卻覺得是放大又放大

誤解了，只是次數多了覺得厭煩了
並沒有特別的焦點

像是放縱小火苗燃燒般
像是放縱小水滴穿石般

被情緒繞繞圈，暈頭轉向

你有執著，他有想法
你不遷就，他不讓步

五十

拉起封鎖線！
禁止所有人靠近！

直至我的罪刑被赦免！
我是千古罪人！
為了你好！別靠近我！

別陪葬你美好青春！
別說你能原諒我！
對於我是個笑話！

直至我的病態被醫治！
我已病魔纏身！
為了你好！別走近我！

別陪葬你不滅生命！
別說你能醫治我！
覺得萬般可笑呢！

五十一

時光流轉，到那孩時光陰
時光流轉，到那青年羞澀
時光流轉，到那中年拼搏
時光流轉，到那老年哀嘆

孩時，懵懂非懂
青年，懵懂似懂
中年，世故圓滑
老年，寧願不懂

也許，學會了浪費，就學不會把握了
也許，學會了奢侈，就學不會珍惜了
也許，學會了愛人，就學不會愛己了
也許，學會了愛己，就學不會愛人了

五十二

將那高聳厚實的圍牆堆積起！
要多少時間呢？
還是一次一次的被傷害就能築起那圍牆呢？
又為了防備著什麼呢？

為何不回答？
為何逃避問題？

那壯碩的士兵用厚實的雙手嘗試推翻圍牆！
那深根地底的砲台轟隆、轟隆！
卻不見那圍牆有絲毫損傷！

那道圍牆後面藏著什麼？無人知曉！
只因底心的好奇心，想去推翻它！
卻未曾成功推翻！

默

幾十年過了……

幾百年過了……

幾千年過了……

依舊高聳穩固站在那守護那圍牆後無人知曉的秘密！

這是誰的心牆呢？

五十三

看，那世界在翻轉！
這是我們的世界，
即使它再疲憊也不會停止翻轉！

看，那天空正晴朗！
這是我們的天空，
即使下了大雨它還是會晴朗的！

看，那大地在喧鬧！
這是我們的大地，
即使如何被摧殘依舊默默承受！

五十四

令人著迷的街景人影
令人著迷的車水馬龍

你，在觀察著誰呢？
誰，也在觀察你呢！

一個人走在街道上，孤單不？
他，似乎特別習慣自在！
小倆口走在街道上，幸福不？
他，似乎特別習慣自在！
一伙人走在街道上，熱鬧不？
他，似乎特別習慣自在！

五十五

第一次認識你，那微妙的感覺
似乎注定你將深深刻印在我底心一輩子
第一次牽著你，那微妙的感覺
似乎注定我將被你牽著走跟隨著一輩子
第一次擁抱你，那微妙的感覺
似乎注定你那溫熱體溫使我依尋一輩子
第一次親吻你，那微妙的感覺
似乎注定我那熱情唇吻使你依尋一輩子

現在的你，在哪兒呢？
現在的你，過的好嗎？
現在的你，想我了嗎？
現在的你，令人懷念！

默

又要繼續下一趟的流浪
踏上尋找你的漫長旅途
不過……你又在哪裡呢？

五十六

這落寞感是從哪裡來的？
這人群都還沒有散開呢！
怎麼我，怎麼都走不進人群之中呢！
只感覺一股強烈的感傷，衝破心房！
他們很開心的聊著、鬧著！
怎麼我就只能看著、聽著！
好不合群的人，感受著人群中的孤獨！
好合群的人呢！享受著人群裡的歡愉！

五十七

這樣操弄手指
靈活地揮舞著…

一個靈魂賦予沒有靈魂的傀儡舞動著
就這樣可悲著…黯淡著…

活在這世上的傀儡有多少呢？
給他人賦予自己生命的權利！

傀儡師，並不懂得傀儡的無奈！
無奈的是，傀儡不需要被懂得！

暗默憂傷的傷口永遠不會復合
控制的欲望也將會永不停歇的

像是沒了手腳
像是多了手腳
渴望不斷不斷蔓延
自由遙遙無期等待

五十八

逝去與在世無別
靈魂與身心脫節
人生路途嚮往死去
將靈魂揮灑至海中

快樂與難過相同
悲痛與悲憤相輔
快樂是難過堆疊的
悲痛是悲憤堆積的

比較與無別相仿
灑脫與糾結並肩
比較世俗卻無別恨
灑脫愛瀟灑而自在

所以還有什麼是我放不開的？
卻沒能做些什麼⋯

放心我已經沒有什麼難過的眼淚可以流了
現在僅僅剩下自己一點點難受的痛苦而已

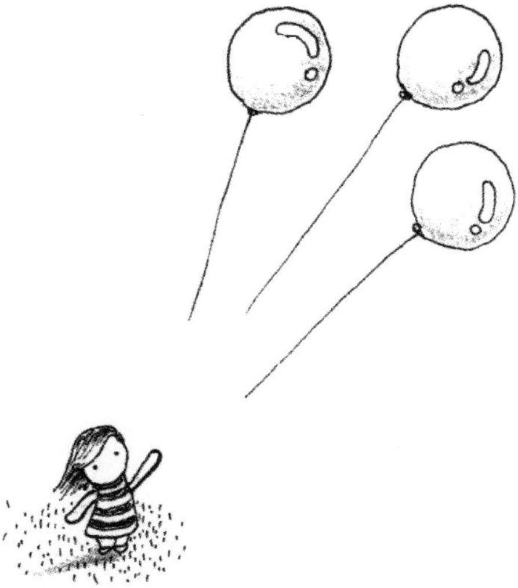

五十九

最終的忠實觀眾，
等待哪一場的演出？
為之守候⋯
那片刻，令人為之感動吶！

那說不出的感受，
藏在無言中的感嘆！
說出這個世代的輪迴⋯

你，為誰等候？你，為誰落淚？
你，為誰動容？你，為誰失落？

卻，不再回憶！卻，不再拭淚！
卻，不再心動！卻，不再期待！

別，讓我回首。別，讓我痛哭。
別，讓我悸動。別，讓我心碎。

還是，
為了一個等待不到的你……
到來……

六十

過了幾百年的歷史
依舊有人讀著！
過了幾百年的遺址
依舊有人探訪！

過了幾十年那件事
依舊有人懷念！
過了幾十年那個人
依舊有人想起！

離去的人才瞭解曾經美好的遺憾！
事已過遷才瞭解事與願違的遺憾！
時間錯過才瞭解此刻最美的遺憾！
舊地重遊才瞭解美景不再的遺憾！

對於愛我們能夠無限於期給予它滋生
對於恨我們也能無限於期給予它滋長

花已榭，葉已落
蟲破蛹，蝶單飛
順水流，魚相隨
浪花濤，浪花散

六十一

墜吧！就墜吧⋯
墜至深淵吧！
醉吧！就醉吧⋯
醉生夢死吧！

你讓我沉醉，我罪不怪於你！
讓我醉在愛裡的你⋯
我怎麼捨得怪罪？
但你讓我墜，我得怪罪於你！
讓我墜入深淵的你⋯
我如何不去怪罪？

我為了你，醉
醉至天昏地暗
我為了你，墜
墜至海深地蹦

他說烈酒入喉
酒量自然就好
他說情傷反覆
自然了無知覺

烈酒為誰而存在的呢？
為悲傷的人而存在嗎？

六十二

戰鼓打響
這場無聲且無息的戰爭
但不會沒有任何意義的

我承諾了
我掀起的戰爭不會流下血滴
但一定會留下汗水以及淚水

我心疼那些不知頭緒的人們，為我開砲開槍

但為了讓那一些人們
看清金錢利益的帝國
並無法帶給人們幸福

我恨透那些看清
我想要什麼的人們
卻不敢給予付出
浪費我的年華青春

你說
沒有走完最後一步棋子，不知輸贏！
我說
預想，棋子的走向就知道最後輸贏！

六十三

醒酒之後才能更清楚自己的追求。
愛過之後才能更清楚自己的嚮往。

你想要的風向能順其飛翔了嗎？
你想要的未來能跟在你身後嗎？

我們都沒懦弱過，
只是還沒找到勇敢的理由！
所以一直拿著爛藉口敷衍自己的眼簾！

還需要多少時間等待，不清楚！
還需要多少耐心消耗，不清楚！
還需要多少墮落沉淪，不清楚！

就算全世界閉上了雙眼，
拒絕接受事實，只有你不能閉上！
就算全世界遮蔽了雙耳，
不去聽從實話，只有你不能遮蔽！

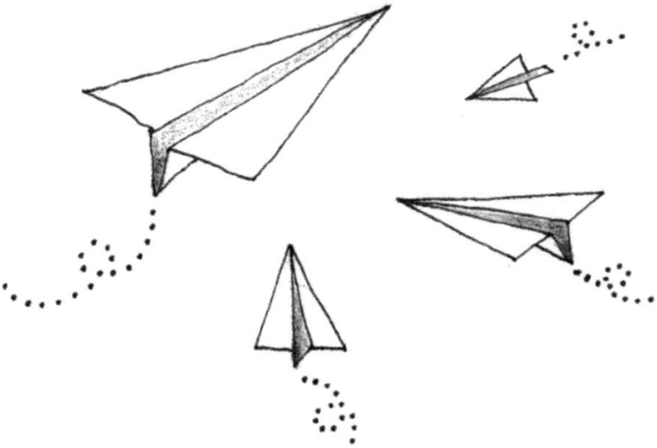

六十四

翻著翻著，看著回憶一幕一幕！
我為我所錯過的，流下淚滴！

走著走著，看著街景一步一步！
我為我所放手的，流下淚滴！

看著看著，看著夜景一閃一閃！
我為逝去的所有，流下淚滴！

我像似那想用力抓緊沙子的人！
大海笑了笑，打起了浪濤！

我像似那想倒著走回時光的人！
時鐘笑了笑，走起了秒針！

六十五

讓天使安心去吧！
無論你身處何處，
祂都會為你敞開翅膀守護你！

你要好好走完那些路程！
答應祂好好生活！

如果祂的離開，最捨不得放下的是你！
你更該過好生活，讓祂安心！
我無法言語的安慰，我只能給予擁抱！
因為那是我無法體會的深痛！

伴祂離去的是美麗的風景，相信我！
伴祂離去的是動人的心弦，相信我！
你卻是祂離去，唯一寄托在世上愛！

默

你為祂流淚，祂只能看著你，
卻無法為你擦拭淚滴⋯
別讓祂試著擦拭祂擦拭不了的淚滴好嗎？

六十六

在起點別用情太深，
最後在他的心深處，
不斷挖掘對你的愛！

在中途，別不斷問他對你的愛！
他只會，不斷回答一樣的答案！

別在愛的終點，還問他愛不愛你！
如果還愛，愛怎麼會走到終點呢？

既然，他選擇好好說再見！
就好好和他，說聲再見吧！
說不定，真的能再相見呢！

默

我不愛你了呢！
你有沒有絲毫的感覺了呢？
如果你沒感覺，
可能我們還是沒有相愛彼此的默契！

你種種的態度，
在敷衍我默默付出的一切⋯
我們之間就別談感情了！
那是我們都無法信任的東西⋯

六十七

在眼裡傾斜著，卻不至於倒塌！
在我所想像中的，巴黎的鐵塔！

每一刻鐘，浪漫街景向我招手！
在每個人，印象中的浪漫巴黎！
我也想像過，和每個人都一樣！

也想去巴黎走走，
如果可以我想要和你一起走過那街景！
在這一刻想像中，
讓我此刻突然穿梭至鐵達尼號的場景！
突然有一種悲痛，
從心底浪海滔滔猛然捲起了無情海嘯！
原來我天真的心，
並還沒完完全全從悲痛之中走了出來！

默

此刻我才明白！
我所嚮往的愛情故事！
還沒和悲痛劃分界線！

六十八

地圖沒了⋯
找尋他的地圖，
被糊塗的他用丟了！

他就像個失落迷失的孩子，
眼角的淚滴沒有人幫他擦⋯
一個人蹲在路邊傻愣愣的⋯

一個衝動，回到家裡。
整理行李，背上了肩。

就開始自己去旅行了！
即使沒有方向感的他，
他還是想踏出這步伐⋯

默

因為他鐵下心告訴自己，
就用這一輩子所有時間，
來找尋他的蹤影行跡吧！

無怨無悔，即使自己無依無靠！
無所畏懼，即使自己一無所有！

六十九

你來了，你還是來了！
在你面前的我，
依舊像是永遠在食物鏈最底層的生物！
似乎沒有任何反抗能力的那個我！

隱藏，似乎是我遇見你，
這種生物會用上的生存能力！

我想走，我想離開這！
在你面前的我，
依舊像是在抵抗地心引力無知的人類！
似乎沒有任何理由在你身邊徘徊！

失控，似乎是我遇見你，
這種人類會引發的一種病態！

默

月讓雲遮住自己！
沙讓浪沖走自己！
魚讓河帶走自己！
你讓我離開自己！

七十

那樣的節奏剛剛好！
不覺得忽快或忽慢。
那樣的距離剛剛好！
不覺得忽遠或忽近。
那樣的溫度剛剛好！
不覺得忽冷或忽熱。
那樣的認識剛剛好！
不覺得太深或太淺。

我們，都想要剛剛好的感覺！
多了少了，會令人感覺失落…
強求之後換來破壞了，氛圍！
之後我們兩手空空，撒開手…

七十一

所有的陽光散落，在我們曾經走過的柏油路
離開前，你卻要我全部拾起不留下一片金色

你明知道這是件殘忍的事情
你卻沒打算對我手下留情吶⋯

你的離開帶走屬於我的所有回憶
也帶走唯一自己僅存的殘骸遺體⋯
我早已支離破碎連碎片也更碎了！

你卻要我拿著放大鏡一一將碎片撿起
因為那條柏油路是你還會再走過的路

七十二

烈酒，一口接一口，也得嚐！
即使，燒傷我喉嚨，也甘願！
就算，燒烈我的心，也甘願！

而你，我碰不著愛不到，我不甘不願！
而你，我管不著說不著，我不甘不願！

但上天，
就是看我得不到的痛苦，祂越是歡愉！
但上天，
就是愛給不給的般拖磨，祂越是享樂！

七十三

能幫我揭開傷疤，灑些鹽嗎？
你犯傻了嗎？不痛嗎？
那你在自己傷疤，灑些鹽吧！
我沒有傷疤，如何灑？

是啊！不辭而別的你怎麼會知道，
我心底傷口好不容易癒合！
是啊！你再次出現讓它再次復發，
灑鹽的人正是眼前的你呢！
是啊！你有何知覺痛的不是你啊！
但現在的我覺得痛不欲生！

我還是舊病復發了！
在我以為我已經痊癒的時候！
我還是思緒錯亂了！
我以為我已思路清醒的時候！

七十四

這次…我真的想要放手！
讓你出走了！

就像跳傘教練，教會你第一次跳傘一樣刺激！
就像第一次，扶你走上天空步道一般的驚悚！

為什麼，這麼形容我想將你放手的感覺呢！
因為，我不知道這次算不算將你推入深淵？

你能不能不要再回頭了？好嗎？
讓我好好看看你的背影！好嗎？

讓我好好看看那最後的身影！
屬於你並不清楚的最後身影！
讓你還能抱著期待再次相見！
這是屬於我們最後一次見面！

默

記得好好照顧自己，
其餘的我已經不知道，該如何開口了！

七十五

最終你我依舊無緣，
終究沒能相愛相守！

但我依舊選擇讓別人來愛我，
以及好好愛他！
也希望你能和我一樣呢！

因為這樣子的我才不會讓愛，
有了任何缺憾！
你找了誰填補你的心呢？

曾經對不起的你，
讓我不想再對不起誰了！
翻翻回憶，我總是會這樣想！

默

曾經受過傷的你，
是否使你不再相信誰呢？
想想過往，斥責著自己的錯！
他在該哭的時候哭，他在該笑的時候笑⋯
從不遺落任何細節，而去辜負了那個誰。

七十六

對不起，讓你們遇見的時間錯開了
沒關係，我們還可以再等等

對不起，讓你們又遇見錯的那個他
沒關係，我們還可以在等等

有時候只是時間，給予的考驗
卻總是說成，敗給現實的殘酷
有時候是自己，無法接受事實
卻總是要牽扯不清，合不合適

其實我們，也還不懂！
什麼也還不懂！

耐心，再一丁點耐心！
要多久時間我都願意等待…

七十七

潰爛的傷好不了
是你給的後遺症
在你離開了之後
是癌細胞的擴散

請不要翻起我的傷口
再告訴我，你只是路過！

我知道我的心
已經不可能再讓誰住進去了！
它已千瘡百孔
已不是一個完好無缺的容器！

你對他的傷害已經造成！
但謝謝，你的道歉呢⋯
我對你好你怎麼看不著？
但你的謝謝，抱歉了⋯

謝謝你的選擇
僅僅為你流的眼淚，已經流完了！
翻寫後續故事
僅僅想愛的人走了，愛未曾消逝！

七十八

他不願意
但無法逃避，那無法自己去選擇的意外
他來不及
他來不及問，那為何會是我被萬中選一
無法選擇
他無法選擇，為還愛著他的人留下傷痛

需要多少眼淚？洗滌意外給予失去看不見的傷痛！

但這樣的事，在這變化萬千的萬變世界層出不窮！
卻不會有人，因此珍惜自己的生命或別人的生命！

好奇怪！這個奇妙宇宙的小小世界到底怎麼了呢？

如果，你會是那被無意的意外所選擇的無辜的人！
你會是灑脫的解脫，還是無止無境的深深怨恨呢？

七十九

他的話，特別多呢！
也許，他只是需要一個聽眾！

即使沒有回應的習慣的聽眾，也沒關係！
就要有人聽著他說話，僅僅的渴求！

即使沒有生動的表情的聽眾，也沒關係！
就算要自己做出表情，僅僅的渴求！

他未必是為了想讓誰聽見他底心的心事
他不奢求，覺得浪費！

他未必是為了渴望誰安慰他落寞的情緒
他不奢求，覺得浪費！

八十

他想爸爸了⋯

他想媽媽了⋯

他想爸爸媽媽了⋯雖然未曾說出口！

不管是什麼原因讓他如此！

但心，依舊騙不過自己！

這是我們能選擇不發生的！

真的，但為何它發生了！

孩子是無辜的！

天災戰亂我們就別提了！

若能選擇沒人願意的藉口，就別了…
我真的後悔了這樣的藉口，就別了…
能夠重新再來這樣的藉口，就別了…
原諒我不會了這樣的藉口，就別了…

別說什麼因緣際會相遇，所以…
別說什麼緣分造化分開，所以…

別將不該對孩子的虧欠留給自己！

八十一

若不是導演，也無法勝任編劇！
那剩什麼位置呢？
若不是主場，也無法勝任背景！
那剩什麼位置呢？
若不是主角，也無法勝任配角！
那剩什麼位置呢？
若不是主唱，也無法勝任配樂！
那剩什麼位置呢？
若不是小丑，也無法勝任道具！
那剩什麼位置呢？

即使提問，也不會有答覆！那又何必白問！

八十二

這無可比擬的世界，我與這世界不配！
這無可比擬的世界呀！令人畏懼跨步！

這世界無可比擬的我，與誰都不般配！
這世界無可比擬的我，令人畏懼靠近！

這氛圍瀰漫凝重，令人窒息！
這枷鎖銬牢手腳，無法放肆！
這牢籠無比堅硬，令人絕望！
這沉重扼殺思想，無法想像！

讓人思想蔓延的世界，
無形之中上了一層層枷鎖！

漫步在世界角落的我，
拖著令人疲憊的身軀……

八十三

當一個情緒整理員，要不斷壓抑著自己
當一個情感收納員，要不斷安撫著自己
當一個現場模演員，要不畏他人的眼光

我是這樣在當一個人

所以你和我談世事百態可以
但不用用比較心態和我對話

也不必和我說你懂得什麼道理
我不敢說我比你懂得人生道理
但世事的苦我已經經歷一半了

另一半等我哪天踏進棺材才能說得出口
我還沒死過如何告訴你完整的人生世事？

我只能告訴你
我和你談話內容
都只是天馬行空罷了！
沒有真正逝去
誰都別說懂得完整的人生世事⋯

默

八十四

親愛的媽媽
我不會祈求你，對於我的愛如海一樣深！
但可以不要在我細嫩的皮膚
烙下深深傷痕了嗎？

親愛的爸爸
我不會奢求你，對媽媽的愛和山一樣高
但可以不要對她拳腳相向嗎？
我幼小的心在心疼！

我害怕，那聲響
是拍打什麼的聲音

我不聽，那咆哮
是為了什麼怒吼呢？

我想踏入那以往溫暖平和的家
我不想踏入充滿暴烈謾罵的家

八十五

雨落下，使得原本向著太陽的花朵，
不得不低頭！
雨落下，使得原本獨特害羞的雨棚，
不得不展開！
雨落下，使得流浪大街小巷的貓狗，
不得不逃離！
雨落下，使得睡在路邊的流浪漢們，
不得不離開！
雨落下，使得原本走在街道的人們，
不得不撐傘！
雨落下，使得出門忘記帶傘的人們，
不得不閃躲！
雨落下，使得坐在咖啡館裡的我們，
不得不等待！
雨落下，使得原本沉寂默默的街道，
不得不熱絡！

八十六

那是在歡愉後，必須承受的落寞啊！
也許，是在以為不再離開的前提下⋯⋯
但，終究有令人失望的那天的到來！
也許，以為不將房間內的燈光關掉⋯⋯
那麼，就不會有感覺孤寂的那錯覺！
也以為，將身邊放了幾隻娃娃陪伴⋯⋯
那麼，就會像是有些人在身邊罷了⋯⋯

八十七

就讓這風，吹著吹著！
就讓步伐，踏著踏著！
就讓音樂，播著播著！
就讓耳機，掛著掛著！

帶上，一無所有的自己！
走上，渺茫未知的路途！

別了，別再想蠢而傻氣，那曾經的自己⋯
別了，別再想模糊水中，那狼狽的自己⋯

即使，沒有舞台觀眾又如何？
即使，沒有背後支持又如何？

自己搭建舞台，當自己的觀眾吧！
看背後的影子，它默默支持你呢！

八十八

你騙了我！傷害造成！
狼狽的我…你卻笑了！

我不再相信老人與小孩
我不再相信男人與女人
我不再相信人生與生活

你就是那個給我一顆糖
再給我一巴掌的人！

我就是那個吃了一顆糖
就忘記疼痛的人呢！

我的離開，我的出現，都有跡可循！
你的出現，你的離開，卻無聲無息！

默

悄然離去吧！不去想責任問題
悄然離去吧！不去想情感糾結

八十九

我不該留下你送的書籤
當翻開書本的時想起你
我不該留下你送的圍巾
當冬天來臨時想起了你

我不該留下你送的娃娃
當害怕獨處時想起了你
我應該忘了曾經的碎片
拾起那完好無損的現在

我應該繼續前行的腳步
完成只剩下自己的承諾
我應該看清事實的真相
該拋棄假寐聾聽的謊言

九十

我真想要將你的心冰凍起來呢！
當一顆水晶將它好好保存起來！
等待著我的心智真的足夠成熟！
我再將它解凍再好好地珍惜它！
這樣你的心是不是不會破碎了！
是不是就不會再為了我而流淚！
我們是不是能夠學會好好相愛？
這樣的我們還會是分開結局嗎？

我問了上天
可否懇請祂為我這段誠摯的感情加以保溫！

我也曾經期待，這樣關於零與一的愛！
那是多麼溫暖？怎麼樣不切實際的呢？

九十一

我想念你了，所以我出現！
一樣做著該做的事，不去做多餘的停留！
一樣說該有的對話，不去說多餘的廢話！
讓你知道我的存在，卻不知我為何存在！
這樣才能讓你習慣，突然消失眼前的我！
在你人生過客清單！我知道我是不重要！
我不會有多餘想法！我知道一切不可能！
我想念你了，很想很想你呢！

九十二

後來的你不會隨便開口說話了！
開始閉上了自己的嘴，將自己的心深深上了鎖鍊！
直至遇見另一個令你傾心的他！
你才慢慢地親身感受，傾城之戀那個年代的故事！

你不會再將你的心託付出去了！
所以你以旁觀者的角度，觀賞著將成為過客的他！
即使知道你將重蹈覆轍的錯過！
只是笑笑對自己說，沒關係不會傷害到誰那就好！

九十三

如果明天沒有快樂，那還要繼續嗎？
如果今天只有難過，那該如何結束？

這兩個問每天像播音器，
按下重播般以不同的形式不斷的不斷問你！
卻還得逼著自己，清醒著去面對生活！

而你若失去意識般面對，
就會像已被定罪的罪犯被問著犯罪動機般！
倘若你下意識清醒，你會如何對答呢？

你還是帶著眼淚，哭了！
你還是帶著笑臉，笑了！

這不是應該的嗎？

默

那為何你和難過一起生活！
卻選擇帶著快樂一起尋死？

九十四

有些人費盡一生，只為了為這世界，
留下自己存在的證明，
至於他能否繼續在這世界留存！
已經對於他並不重要了！

有些人費盡一生，只為了在這世界，
為了自己好好地活著，
至於他能否為世界留存些什麼！
本身對於他就不太重要！

如果沒有深度！
你還想看什麼不同的故事結局？

九十五

有些問題，即使你萬遍千尋，
依舊沒有答案，
即使再怎麼想要從別人身上得到解答！
問題，反而會嘲笑著你！

彷彿告訴你，
即使你得到別人給予的答案，
那也不會屬於你自己領悟到的來的貼切！

有些問題，即使你跪啊求啊！
終究沒能解答，
即使再怎麼想破了頭腦費盡自己口沫！
問題，並不會憐憫待你；

彷彿告訴你，
即使你得到了解答那又如何？
那也不會屬於你自己該領悟的真切真理！
我卻不能向誰問起，給予我任何解答！

九十六

作為一個沒有痛覺的人好厭煩……
作為一個無感麻木的人好厭世……

我什麼都並不想要
別拿什麼和我談判

我只想要自由
即使我沒有翅膀……
我想游向大海
即使我沒有魚鱗……

自由飛向了天空……可惜我不會飛翔
自由游向了大海……可惜我不會游泳
自由奔向了大地……可惜我沒有雙腿
絕望嗎？不會啊！

世上有些人都比我慘烈⋯⋯
我只是心口上有條裂痕⋯⋯

羨慕世人眼光淺短⋯⋯
不必承受所有不該承受的難受！
怨恨自身眼光深遠⋯⋯
我卻只能用自身遺憾譴責自己！

九十七

你不願意再去相信的道理
沒人能逼你再次去相信它
但你又再次選擇相信它時
你會發現自己有多麼愚蠢

就像你被感情傷過了一次
就信誓旦旦不再相信愛情
就像你被朋友利用了一次
就篤定自己不會再信友情
就像你被親人出賣了一次
就堅信自己不再聽信親情
就像你被命運玩弄了一次
就告訴自己別相信人生了

在我眼裡！

你還只是個傻孩子！天真！

只是說說賭氣地話！罷了！

從今往後那些日子，不僅僅歸零了過去的種種！

更是開啓通往未來的路途，是我們看不著的謎！

默

九十八

我好喜歡在角落安靜地
做著自己喜歡的一件事
不喜歡自己思緒被擾亂

這樣的我，更能專心做好手上的事情
即使默默地，也是我最好不過的節奏

我不喜歡往舞台走的感覺
就讓我在幕後或台下就好

角落，那個自己最熟悉的地方
那角落，擁有屬於自己的氛圍

但這個人生我還是要走完
即使盡頭依舊是孤身一人
我也無怨無悔絕不再回首

我知道，這一生的我平庸無奇
我知道，這一生的我毫無秩序
我知道，這一生的我出牌無理

九十九

我沒有浪費青春年華
卻遇見浪費時間的人
我沒有浪費時光流逝
卻遇到難以解開的題

我抑制自己不怪罪祂
祂卻無情地打壓著我
等我開始可有可無時
祂再給我一點糖慰勞
之後再次的輪迴轟炸

那屬於我的靈魂累了
讓祂就這樣收回了吧
留住我的肉體就好了
在這世界上繼續流浪

直到我找到溫暖的家
再把我的靈魂還我吧

默

一佰

那距離好遙遠呢

每次往前跨步
卻等同退了兩三步
每次退了一步
卻再看不到那背影

迷離的距離如海市蜃樓
迷離的你如夢如影一般

而我像個傻子一樣
跟在你後頭緊緊地
怕跟丟了會迷了路

而你也像一個傻子一樣
一股傻勁一直往前走著
從來沒發現在後頭的我
和我擁有一樣傻勁的人
一樣被稱作傻子的兩人

一佰零一

有人擔憂你回家是否安全
這樣的擔憂讓人覺得心安

也許吧…

你未曾好好活著
這樣的事實卻被當作謊言
看過了多少笑話
你的生活才是最大的笑話

你不期待他為你擦拭眼淚
你不期待他為你擋風遮雨
你不期待他借你可靠肩膀

你累了…

你想要個溫暖港灣
陪你走過四季冷暖
陪你走過冷漠世界

可惜⋯依舊難尋知音⋯
若只是假裝問候就別了⋯

一佰零二

你的自由裡沒有我
所以我讓你在我心中自由了

還好只是喜歡了
還好沒真正愛了
還好還沒真的受傷了
還好還沒有自討苦吃
在剛好的停損點就還好
還好要放下你不用太久

還好我都習慣了
還好沒有用情太深
還好沒有多說什麼話
還好早已脫離彼此生活
還好也只是一個笑話而已

一佰零三

今晚月亮只有半顆
我也漸漸地將你放下一半了
剩下一半我不知道
還要多少時間才能看不到它

還有一半歲月要走過
還好心早已掏空
連一半都沒有剩下來

是不是少了一半就無法完美無缺了呢⋯

我想我也只有一半的生活
所以才會什麼都做得不好

默

你的生活
是否不缺那一半呢？
如果不缺⋯⋯
可以借我那一半嗎？

一佰零四

還好你我的世界
早已經分離兩地
一個在天…一個在地…

你在天…我仰望著你
我在地…你還是抬頭
我看的到你…卻再也摸不著
你看不到我…你眼裡沒有我

我想念著你…將所有想念存放著
卻不知如何表達
我們的生活差異太多太大了…

你不懂我話語字間想悄悄訴說的想念
如果你真的聽懂那如同羽毛般的想念
我想我的想念早已在你的心間徘徊了

默

而不是還在你的心房門口敲著你心門

我想你…
我期盼著這次想你是真的最後一次了
而這個想法都在我每一次想你時浮現
我還是無法去克制自己不去想念著你

我輸了…輸得一敗塗地…
從來沒有那麼狼狽的我…卻還在想著你…

我都…已經認輸了…
卻也沒能讓自己比較好受
贏了…你贏得全勝…
看著狼狽的我的世紀笑話

一佰零五

我都已經躲在角落了
為什麼你還要來找我
你不是說不要我了嗎
我不喜歡你這個樣子
明明不要的東西丟了
又假裝很關心的樣子

你可以不要比假裝還假裝嗎
你可以說不要的就別留戀嗎
你可以顧慮一下他人感受嗎
我都可以假裝沒你在心上了

你就別再假裝以憐憫姿態出現了
我會以隱形人的樣貌消失不見的

一佰零六

放下一個人還要好久好久以後
才能真正放下呢⋯

只能夠怪你自己曾經
將他放在最深的深處
你怎麼這麼不小心呢

媽媽有沒有和你說東西不要亂亂放呢？

將他放在心裡錯的中心位置
以至於換來一身狼狽的自己⋯
被這份愛吞噬了自己值得嗎？
既然你已被愛傷的不堪負荷
那麼就別再託付期待於它了
你能夠孤身走完泥淖的鬧劇

一佰零七

有些人忘不了過去
只好不斷剪斷長髮

有些人總是想不透
只好徘徊某個路口

想起某些事情
總是讓人淚流

遺憾兩字難寫
美好兩字太遠

獨自一人在路口等人
獨自一人在夜裡小酌

默

遺憾與孤獨相襯
我與你卻不同拍
總是差一點⋯

一佰零八

想和你討論一件事情

你可不可以暫時的離開我腦海呢
現在的我早晨想你…睡前想你…
生活的每秒分分都在想你
但我只能想你…

除了想你…
其他的事情我都不能做…

不能走進你的夢鄉陪你
不能擁你在懷纏綿被窩
不能與你十指緊扣漫步
不能安撫你的擔憂不悅
不能幫你擦拭泛紅眼眶
不能看著你傻笑的笑容

默

你可以不可以乖乖地聽話
暫時離開我的腦海呢？
你可不可以不那麼不安分
總憂擾著我的分秒呢？

一佰零九

還好我們相識的時間並沒有很久

我花了幾天時間
就有足夠的勇氣
將你的照片刪除

你不要怪我好嗎？

我只是不想不小心翻到那張照片
又不小心看到照片上的你
又不小心發呆許久

你也知道這種不小心
也最容易不小心讓自己受傷
相似於不小心喜歡你
也等同不小心喜歡上不可能

默

但因為這份不小心所有受的傷
我都能坦然接受
因為責任不在你

一佰一拾

如果你能控制自己不提起筆
那該有多好
如果你能控制自己不翻起書
那該有多好
如果你能控制自己不聽起歌
那該有多好

也不會擁有那麼多不必的多愁善感
也不會擁有那些不需要的愛恨糾結

無法控制自己的人，也未曾好好照顧自己…

一佰一拾一

謝謝他

讓你把你想說的話說完
雖然沒有像在心中排練般的流暢
雖然言詞並沒那麼華麗

但你還是說完了…

你說過你不會打擾
他原本平靜的生活
但願日後會有更好的人照顧他
那天的你在一些細節故意粗心
或許有些舉動也不敢再多做…
就原諒你如此不熟於情感吧…

雖然並非是場讓你和他覺得完美的演出
但讓你覺得完美的是演出有了完美句號
這個笑話也足夠你往後日子一再回味了
你終於可以好好地開始一個人的旅程了

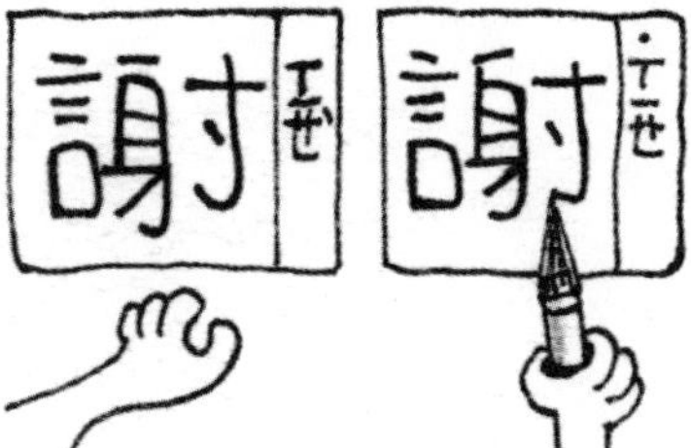

一佰一拾二

這一切都是我上輩子欠你的
我發現這輩子我還是無法全部償還予你
那麼下輩子再還你好嗎？

如果你這輩子硬要討回這一切
那麼請容許我只還你輕輕一吻

世人都說等下輩子，像是一種約定
如果你不願下輩子，再一次遇見我

記得多喝一碗孟婆湯
踏上奈何橋
記得別回眸

一佰一拾三

我知道你還得一個人走過許多地方
所以我允許你一個人走進人群擁擠
我允許你一個人撐傘淋著雨漫步著
我允許你一人哭和笑不畏他人眼光
我也允許你可以自己聽聽歌寫寫字

我允許你用沈默帶過一切
我懂你⋯你所有的心情
因為我都有親自收藏過⋯

默

一佰一拾四

愛，無言語可描述
愛，無字句可記述

我知道⋯我都知道
但⋯我就是想要為我對你的愛
加以描述⋯加以記述⋯

我不怕你我老了忘記細節

我只想給世人
留下難忘回憶⋯
不是為了我們⋯
不是的⋯真的不是⋯

一佰一拾五

你怎麼可以如此膽大無畏
將所有人當主角寫入其中

就只是因為你知道
你未曾真實存在嗎？

還是你還在懷疑
這個世界的存在
是否是真實的呢…

所以你可以預設
你未曾真實存在過…
你只是他人的過客？

默

一佰一拾六

他要你不要總胡思亂想
好好的過好自己的生活
但他不知道你別無選擇

並不是你想陷入情緒的旋渦
而這一切是你被深陷泥淖中
你只好開始和情緒玩起遊戲
自娛娛人當作一種另類安慰

這可能是你玩過最危險的遊戲
卻沒有人告訴你應該注意安全
而是要你不要像個貪玩的孩子
別無選擇的人無法往前或退後

只能原地打轉⋯⋯

一佰一拾七

愛玩的孩子
再去玩玩吧…

他只想找個乖順的孩子
不令他感到擔憂或忐忑

他並不會怪你
還那麼貪玩的…

畢竟也是你愛玩的樣貌
吸引到了他的注意
也別因為他不喜歡
貪玩的孩子，而使自己乖順聽話了
即便如此，他也並不會因此喜歡你
只因你已失了原貌

一佰一拾八

我知道你知道我的心情
我也知道你明明知曉
但並不會在我面前提起
那些令我糾結的事情

因為你知道我的糾結源自於你

謝謝你的體貼著想
我會在這些日子裡
慢慢地收起我對你的感覺
免得你尷尬無語的面對我

還好我善於隱藏情緒⋯
免得在你的面前
顯得難堪又無顏
至藏至底心的喜歡

一佰一拾九

那一天，我會難過
只因你⋯⋯

雖然我難過的神經
早已被抽離
但難受的那條神經
早深根蒂固
無法抽離

只願默哀的驪歌，別太早響起⋯⋯

我能向你許下承諾
不讓你看見我淚水
但是我無法答應你
不離開有你的地方

默

一佰二拾

你收藏了幾百首的悲傷歌曲
卻沒有一首能切確的唱出你的心聲
你寫下了幾百幾萬首字與句
卻沒有一字一句能夠寫出你的出口

曾經的你能流下眼淚
現在的你似乎淚線已斷

曾經的你能輕哼幾曲
現在的你已言少而靜默

曾經你害怕他人眼光
現在的你無畏生死界線

一佰二拾一

如果可以
我想送妳回家
欣賞你離去的背影

輕輕地劃下離別
你走過的痕跡
會永遠刻印在心頭

你的美
讓離別不再那麼憂傷
讓雨天不再那麼安靜

你的美
讓離別如同期待
讓陽光依舊耀眼

一佰二拾二

沒有耐性的你不斷加速時間的輪轉
殊不知⋯⋯時間輪轉盤壞了
你人生中的時鐘停止了
你沒借此好好思考重整思緒

卻在不知覺的輪轉時間又開始流逝
這次⋯⋯真的如你的心願了
飛速的時光輪轉了起來
你卻在不知不覺浪費了什麼⋯⋯

世界最珍貴的東西
在你手裡一文不值

一佰二拾三

無形之中你早已被判刑，罪名不詳…
你不想再追問，即使斬首還是酷刑

你低頭看著大地，卻瞬間乾枯
你抬頭望向天空，卻狂風暴雨

你明白天理不復存在
你輕輕闔上雙眼
流下了最後一滴淚水…

你的罪…罪名不詳…

一佰二拾四

讓心再更溫柔些吧…
那些曾經受過的傷
再次出現…也不覺得痛了…

記得一切不可去輕信
其餘的順來之則安之

該寫下離別時，也別感傷
不該離去，不會輕易離去
而離去的那些，都是過客

一佰二拾五

若說這個世界不再有光彩
那麼會是你最合適的世界
你不再好奇那些結果如何
就任由一切隨著時間去吧

你知道到了盡頭
根本沒什麼會留下
反正時間會沖刷
反正你也記不清楚

沒有結果會有所改變因為你的出現
這是宿命吶
結果依舊被複製不是因為你的沈溺
所以導致的

默

沒關係的…該離開的時候
那時間點…似乎也沒差池…

一佰二拾六

逃吧…你逃吧
我想看你逃跑的那身影
我不會用狼狽來形容你

從容些吧…
沒有追兵在後頭
你可以漫步而行
但記得不要停下了腳步
否則你將會被自己逮捕

而那判刑場所
你知道的，是你所畏懼的那最初的地方

默

手銬腳鐐
我想是少不了的
酷刑逼供
也是缺一不可的

繼續逃吧

這一生，你都得被自己追捕
自虐患者的幻想世界
異類類別的千種標籤
你都是⋯

一佰二拾七

漫無目的的走著的你
當作一種浪漫的旅程
在這懲罰被宣判無期徒刑時
但並非自己想像的痛苦
在他人眼裡都只是想像

沒人和你走上相同路途
你想問問天時卻下雨了
沒有人能陪你一起走過
你發現自己沒有眼淚了
你發現自己沒有感覺了

你發現自己不再想瞭解誰了
你知道自己的心被上鎖
卻不能幫自己解鎖

默

他們聽著你的訴說，卻笑了起來
你自己也笑了和他們一樣笑的很開心
好像不是自己的事情，而是笑話

一佰二拾八

即使我能猜想你在夜裡有多麼孤單
多麼想要擁你入懷
但我依舊無能為力

即使我多想在每日每夜陪在你身邊
伴你走過大街小巷
但我依舊無能為力

即使我…多麼想打破你平靜的生活
鬧著你…看著你笑容
但我依舊無能為力

我好想你…無數的話語卻沒有一句
能親口和你說…出口
只因我的無能為力

一佰二拾九

我不害怕孤獨

我不害怕一個人走在路上
我不害怕被陌生人看著的眼光
我不害怕世上異樣的眼光
我不害怕一個人抽著菸喝著酒

我不害怕他們⋯說了什麼
我不害怕軟弱，不害怕流淚
這些我都不害怕，但也是騙人⋯

我喜歡騙騙自己

我害怕自己騙自己的感覺
這才是我真正害怕的事情

我不喜歡的事情很多
多到我已經忘記
我喜歡什麼樣的美好

一佰三拾

像似刺蝟的你想要傷害我
不過你忘了我也是隻刺蝟
而我的刺並不會比你還短
我的刺紮的深且帶著毒液

是否選擇防備是我的本性
大部分時間我選擇收起刺
即使你在怎麼嘲諷激怒著
我依舊不會選擇露出本性

兩個心口上有傷痕的人
才能夠擁抱彼此的赤裸

但這之中若有人選擇再次推開
那麼…傷害程度無法想像…

一佰三拾一

你偷走了我的故事
去安慰自己…
安慰了別人…

你卻早已經忘記了我的故事
不是每個人都能感同身受的

但是你知道嗎？
你已經將我掏空…

唯一僅有的屬於我的故事
讓你去揮灑吧！
讓你以為我還有許多故事
能讓你竊取吧！

默

就讓你為所欲為吧
反正你也不會認罪

是自己放縱你的為所欲為
你無所謂的態度是種驕縱
我卻無可奈何也無力反抗

一佰三拾二

我裹著棉被
以為可以不再寒冷，但我錯了！
我關上房門
以為可以遠離聲囂，但我錯了！

天真⋯

你有沒有這樣一種感覺
當你隻身一人走入人海
會很沒有安全感，似乎人海的浪潮
會將你沖離，你原本打算去的地方

好巧！我也會⋯

默

赤裸的我在床上等待著你
可你卻不願觀賞
麻木的我在生活等待著你
給予我無上誓願

一佰三拾三

你呀你呀⋯

總是傻傻地走進別人的故事
尋找那一種身受感同的感覺
為何不讓自己感同身受就好？

每一次看你如此這般憔悴狼狽
我總有一種好氣又好笑的感覺

不過你也沒有錯⋯
那只是你的習慣⋯

但這樣的習慣吶
帶給你的心的負重有多麼承重
你最清楚不過的⋯

默

傻孩子…就是那種很傻很傻的執著那獨一無二的貝殼
什麼時候才會在你手心出現呢？

但沒有完美成分…你還是會堅持尋找你所缺少的感覺
我知道你並不是挑三揀四的人！

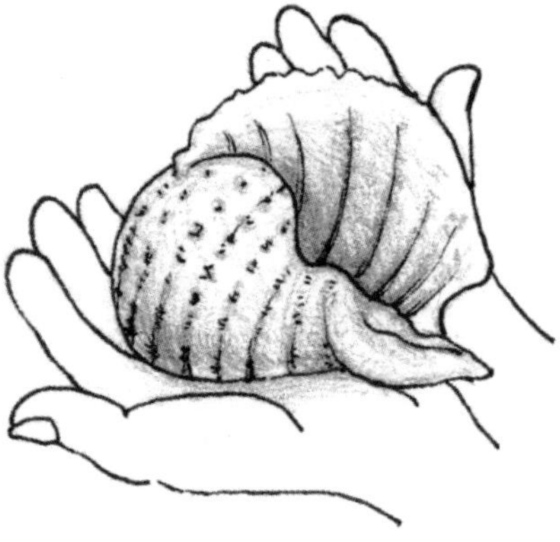

一佰三拾四

情緒泛濫
是眼角眉梢不情願地透露
歇斯底里
是心底腦海不受控地失控
滿是愧疚
是雙手緊握不情願地失去

讓風睡吧！
這樣沙再也不會流浪了

讓雨停吧！
這樣他再也不會等待了

讓火滅吧！
這樣柴再也不會燒盡了

默

讓樹倒吧！
這樣鳥再也不會回家了

一佰三拾五

我不是你的昨天
我沒有那麼偉大
值得你有所留戀

我不是你的明天
我沒有那麼迷樣
值得你有所期待

我是不起眼的今天
卻不是你想把握的那天
在別人眼裡我卻是最特別的

在你眼裡我也不可能是你的未來
你在我眼裡卻等同未來所有可能

一佰三拾六

將過去一切都刪除吧，我以為我可以
我卻只能將照片刪除，手卻還有點抖

將一切都拋棄吧
我也以為我可以
卻不斷在回頭望
等待一絲絲希望

想離開⋯我想離開
卻不知⋯該往何處

沒有路標的旅途
這趟人生走的太迷茫
沒有陽光的光顧
眼中的烏雲沒能退散

突然覺得自己好脆弱
也覺得世界太殘忍了
我沒能鬆手放鬆拳頭

我已經活得如此沒有自尊
為何還得將我推向懸崖邊

一佰三拾七

他沒有流淚，只是眼神悲傷了些
他沒有言語，是氛圍訴說了一切

你只是未曾見過
如此憂傷的神情
你只是還沒遇見
相似於這樣的人

他未曾演示，也未曾有掩飾的習慣
你未曾發現，也未曾有細心的習慣

他也許原本也是個開朗的孩子
他也許也不想變的如此的成熟
他在他的心裡還是個孩子吧！
但在你粗心的眼裡像個大人⋯

一佰三拾八

為何莫名流下眼淚呢
卻也不見淚痕
是你將它輕拭掉了嗎

為何莫名的悲傷了呢
卻不見你默哀
你將它匿藏起來了嗎

為何默默地出走了呢
卻不見你足跡
是你將它掩蓋掉了嗎

你為何流淚
你為何悲傷
你為何出走

默

為何

卻只剩沈默⋯

一佰三拾九

請在深夜想起就好
別讓它將生活填滿
請讓他學會遺忘吧
別再擾亂思緒節奏

把情緒沖淡，矯情就會少些
把悲傷沖淡，快樂就會多些
把陽光打開，陰影就會少些
把黑夜關掉，睡眠就會多些

天冷了，就躲進被窩
下雨了，就躲到傘下

之後⋯
就在不知不覺，學會照顧自己了

默

還是那句話
照顧好自己
我由衷感謝

一佰四拾

陽光灑落，是你觸不及的金色
走向沙灘，握一把金色撒向天

距離不遙遠
想到的地方
即刻可抵達

而不敢想的，是沒有明天的夢
而不敢盼的，是沒有未來的人

累了，可以不要想
厭了，可以閉上眼
煩了，可以聽音樂
可以假裝
瞎了、聾了、啞了…
這是這個世界允許的…

默

一佰四拾一

你敲敲走向舞台
在燈光還沒照亮時
偷偷看著觀眾們

你默默整理衣裳
在空無一人的後台
看著鏡子的自己

若是最後一場演出
那麼怎麼結尾最美

不再害怕搞砸的你
卻比第一次上場還顫抖
身經百戰如同最初

你的世界終以你精彩
也以你落幕
你的觀眾終為你喝采
也以你惋惜

可惜…可惜…夢醒了…
你的舞台還在夢裡…
可惜…可惜…淚乾了…
你的夢想還在腦海…

沒有人能如此像你一樣
卻也沒有人想像你如此…
你也不想如此像你自己

最可惜…也不值得可惜了
最難過…也平息所有難受

一佰四拾二

我允許墜落
所有墜落的理由，都需要經過我

我允許展翅
所有高飛的藉口，都不需誰同意

我掌權所有失去翅膀的墜落
我等待所有羽毛重生
我等你展翅飛翔那日
全世界的目光會注視著你的

而我會與你並肩散步
看著花謝看著蟲破蛹

一佰四拾三

你也不過是心裡有個洞需要有人縫補罷了！
那不是刻骨銘心的愛！孩子
不要讓自己，終究只是學會將就！
這樣的你，真的懂得去尋找了嗎？

你也不過是太久沒有感受另一個體溫陪伴！
那不是一見鍾情的愛！孩子
不要讓自己，隨便躲進別人懷抱！
這樣的你，依靠相近自己體溫了？

你也不過是這輩子還沒有深刻的被愛過啊！
那不是生死之戀的愛！孩子
不要讓自己，永遠學不會去等待！
這樣的你，真的有耐心對待自己？

默

男人一輩子，心中留著遺憾
女人一輩子，心中留著大愛

一佰四拾四

我不會不死心的死纏爛打，
現在的我，不再會！
代表我足夠成熟理智了嗎？
我不會像似失心瘋的痛哭，
現在的我，不再會！
代表我已歷經歲月洗禮了？
我不會羨慕別人幸福美滿，
現在的我，不再會！
代表我經歷夠多感情戰役？
我已經學會平平淡淡看待，
現在的我，已經會！
代表我已經看透分分合合？

默

讓自己習慣執著！
讓自己習慣放手！
也習慣成長的路！
也習慣忘記了誰！

多久沒有，對另一個人掏心掏肺？
多久沒有，對另一個人許下諾言？

一佰四拾五

我喜歡雨，但我不喜歡雨越下越大
我喜歡你，不喜歡你離我越來越遠

最明白的告白！最簡潔的宣言！
只是讓你是我！讓我是屬於你！

如果有一天，我不小心忘了你…
請你也把我忘了，答應我好嗎？

如果不這樣！我的心，它會加速死亡速度！
因為，這樣不自知覺的痛苦！
在每一次重新再看見你時，它會再次復發！

默

一佰四拾六

他問我還好嗎？
其實我不知道⋯

淚滴終究沾濕枕頭
在我沒留意的時候
不經意地流下眼淚

不經意，眼角濕了！
眨眨眼睛，這才發覺到！
不經意，心它疼了！
輕撫胸口，這才感覺到！
這一切像似習慣病魔的拖磨！

覺得噁心，就張開口吐了吐⋯
覺得疼痛，就打一針止痛針⋯
該換藥了，就自己撕開舊傷⋯

一佰四拾七

我們不是都走了很多很長地路途？
為什麼還沒到達目的地呢？
你能不能回答我的問題？
是我繞了路？
還是轉錯了彎？
我將地圖攤開還是找不著那路徑！
我們不是都經歷遺棄背叛地考驗？
為什麼沒找到最完美的他？
誰能不能回答我的問題？
是我配不上？
還是資格不夠？
我將心小心翼翼剖開找不著問題！

默

一佰四拾八

那座城市，早血流成河…
這樣的說法似乎太看輕他們的政府
該說是血雨腥風才是

血雨下啊下…下啊下呀…
隨著血河隨波逐流的往下流離失所
就像這個城市的墜落

人啊逃啊逃…跑啊跑…
孩子哭啊哭…哭啊哭…
婦人尖叫啊…叫啊叫…
年輕人鬧啊…鬧啊鬧…
能讓人流下血的武器都拿出來吧！

一個孩子從角落拿出了一顆政府的心⋯

連一個孩子都知道誰在讓他們流血了⋯

他的母親卻要他拋下那顆政府的心⋯

輕輕說道
孩子我們不能傷害人⋯

不是我們只是平民的原因
所以我們沒有能力傷害人⋯

而是我們才是最瞭解作為一個人卑微的原因啊⋯

我們寧願赤手空拳討伐⋯
也別拿起武器相互傷害！

默

我們都是人
都有微薄的血緣關係
這點你不認同的話

那麼我們都是人⋯
同樣是人的觀點
你⋯能認同嗎？

一佰四拾九

能不能找到靠近自己靈魂頻率的靈魂就好？
這平凡的我只有這樣卑微的小小要求而已！
誰能答應我沒有的奢求回應的小小問句呢？

你還是離我而去了！我的價值不值？
即使我苦苦跪求了！你還是不聽嗎？

我再怎麼不怨的去努力
卻還是赤裸裸的白費了
是你們永遠不懂得的事
並非我自己斷言了未來
我並不會去怪罪於你們
僅僅因為你們並不是我

默

那個即使白費努力依舊不管路途艱辛的我
那個即使每天被上天不斷的不斷歸零的我
那個即使跌萬次千次數不清卻不放棄的我

我，是那個你想要離開的人嗎？
還是，那使你不離不棄的我呢？
我不敢斷言，你想要留或走！
要我離開我可以，我都可以！
只要，你嫌棄的眼神和言語！

一佰五拾

站在樹林面前的我
開始想像…我…

是顆大樹…一株小草…
一隻鳥兒…一隻蟲兒…

也許，我正是這片樹林呢…
但有個聲音在底心不斷迴盪…
你…正是你自己呢！
你…不是別人眼裡的樣貌…
也不是自己…想像的樣子…
是這樣嗎？

默

那為何我拾起一片片落葉
輕抹臉頰依舊無法抹去偽裝呢？
為何我走向河邊望著水面
依舊如此模糊不堪狼狽至極呢？

鳥兒鳥兒，今天捉蟲沒
去吧！都去吧！
展開你的翅膀獵食吧

蝶兒蝶兒，今天玩耍沒
去吧！都去吧！
展開你的翅膀飛舞吧

蜂兒蜂兒，今天採蜜沒
去吧！都去吧！
展開你的翅膀貪食吧

國家圖書館出版品預行編目資料

默／默言著. --初版.--臺中市：白象文化事業有限公司，2022.01
面； 公分
ISBN 978-626-7056-24-0（平裝）

863.51 110017452

默

作　　者　默言
校　　對　默言
插　　畫　Angel Fan
發 行 人　張輝潭
出版發行　白象文化事業有限公司
412台中市大里區科技路1號8樓之2（台中軟體園區）
出版專線：（04）2496-5995　傳真：（04）2496-9901
401台中市東區和平街228巷44號（經銷部）
購書專線：（04）2220-8589　傳真：（04）2220-8505
出版編印　林榮威、陳逸儒、黃麗穎、水邊、陳媁婷、李婕
設計創意　張禮南、何佳諠
經銷推廣　李莉吟、莊博亞、劉育姍、李如玉
經紀企劃　張輝潭、徐錦淳、廖書湘、黃姿虹
營運管理　林金郎、曾千熏
印　　刷　基盛印刷工場
初版一刷　2022 年 01 月
定　　價　330 元

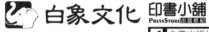

白象
Angel Fan
身邊所有人
讀者
謝文